U0065324

繪本 0256

五百羅漢
交通平安

文・圖｜劉旭恭
責任編輯｜蔡珮瑤、李寧紜
特約美術設計｜崔永嬿
行銷企劃｜陳詩茵

發行人｜殷允芃
創辦人兼執行長｜何琦瑜
總經理｜袁慧芬
副總經理｜林彥傑
副總監｜黃雅妮
版權專員｜何晨瑋、黃微真

出版者｜親子天下股份有限公司　地址｜台北市 104 建國北路一段 96 號 4 樓
電話｜（02）2509-2800　傳真｜（02）2509-2462
網址｜www.parenting.com.tw　讀者服務專線｜（02）2662-0332　週一～週五：09:00~17:30
傳真｜（02）2662-6048　客服信箱｜bill@service.cw.com.tw
法律顧問｜台英國際商務法律事務所・羅明通律師
總經銷｜大和圖書有限公司　電話（02）8990-2588

出版日期｜2009 年 12 月第一版第一次印行
　　　　　2020 年 8 月第二版第一次印行
定價｜300元　書號｜BKKP0256P　ISBN｜978-957-503-633-1（精裝）

訂購服務
親子天下 Shopping｜shopping.parenting.com.tw　海外・大量訂購｜parenting@service.cw.com.tw
書香花園｜台北市建國北路二段 6 巷 11 號　電話（02）2506-1635
劃撥帳號｜50331356 親子天下股份有限公司

掃一掃聽故事

國語版　　臺語版

五百四羅漢交通平安

文・圖／劉旭恭

阿媽走了很遠很遠的路，
她到山上的廟裡求了一張平安符。

阿ㄚ媽ㄇㄚ幫ㄅㄤ小ㄒㄧㄠ孫ㄙㄨㄣ子ㄗ繫ㄒㄧ上ㄕㄤ平ㄆㄥ安ㄢ符ㄈㄨ，
符ㄈㄨ上ㄕㄤ寫ㄒㄧㄝ著ㄓㄜ：「五ㄨˇ百ㄅㄞˇ羅ㄌㄨㄛ漢ㄏㄢˋ交ㄐㄧㄠ通ㄊㄨㄥ平ㄆㄥ安ㄢ」。

從ㄘㄨㄥˊ此ㄘˇ以ㄧˇ後ㄏㄡˋ， 小ㄒㄧㄠˇ孫ㄙㄨㄣ子ㄗˇ不ㄅㄨˋ管ㄍㄨㄢˇ去ㄑㄩˋ哪ㄋㄚˇ裡ㄌㄧˇ，

他 (ㄊㄚ) 都 (ㄉㄡ) 戴 (ㄉㄞ) 著 (ㄓㄜ) 平 (ㄆㄧㄥ) 安 (ㄢ) 符 (ㄈㄨ) 。

五百羅漢總是跟在身旁保護他。

小孩三歲了， 有一天他到山上，不小心
掉下懸崖， 五百羅漢手結成網跳下去救他。
最後， 小孩平安回到地面，
三十六位羅漢卻摔落深谷。

小孩六歲時坐飛機出國，
空中突然吹起狂風，
四百六十四位羅漢悄悄溜出去抵擋亂流。

最後，飛機順利降落，
七十二位羅漢卻被風吹走了。

小孩九歲時第一次坐船，
深夜的海上， 大海嘯漫天鋪地席捲而來，
三百九十二位羅漢跳下相疊， 高高舉起小船。

最後， 乘客都安全上岸，
數不清的羅漢卻被海浪捲走了。

這天夜裡， 小孩熟睡以後，
僅存的十羅漢圍坐在一起，
大師兄說： 「真希望我們可以有再多一些
力量和時間。 」
燭火搖曳， 師兄弟們皆沉默不語。

日子一天天過去， 十羅漢更團結了，
他們努力保護小孩，
有空就認真練功， 增強自己的力氣。

小孩也漸漸長大， 成為一位少年。

有ㄧ一ˇ天ㄊㄧㄢ， 十ㄕ二ˊㄦ歲ㄙㄨㄟˋ的ㄉㄜ˙少ㄕㄠˋ年ㄋㄧㄢˊ獨ㄉㄨˊ自ㄗˋ坐ㄗㄨㄛˋ火ㄏㄨㄛˇ車ㄔㄜ到ㄉㄠˋ遠ㄩㄢˇ方ㄈㄤ，
行ㄒㄧㄥˊ到ㄉㄠˋ途ㄊㄨˊ中ㄓㄨㄥ， 列ㄌㄧㄝˋ車ㄔㄜ突ㄊㄨˊ然ㄖㄢˊ失ㄕ控ㄎㄨㄥˋ傾ㄑㄧㄥ斜ㄒㄧㄝˊ衝ㄔㄨㄥ出ㄔㄨ軌ㄍㄨㄟˇ道ㄉㄠˋ，
十ㄕˊ羅ㄌㄨㄛˊ漢ㄏㄢˋ立ㄌㄧˋ刻ㄎㄜˋ飛ㄈㄟ身ㄕㄣ躍ㄩㄝˋ出ㄔㄨ，
伸ㄕㄣ出ㄔㄨ雙ㄕㄨㄤ臂ㄅㄧˋ奮ㄈㄣˋ力ㄌㄧˋ擋ㄉㄤˇ住ㄓㄨˋ火ㄏㄨㄛˇ車ㄔㄜ。

很ㄏㄣ久ㄐㄧㄡ很ㄏㄣ久ㄐㄧㄡ，列ㄌㄧㄝ車ㄔㄜ終ㄓㄨㄥ於ㄩ停ㄊㄧㄥ住ㄓㄨ了ㄌㄜ。
翻ㄈㄢ覆ㄈㄨ的ㄉㄜ車ㄔㄜ廂ㄒㄧㄤ內ㄋㄟ冒ㄇㄠ出ㄔㄨ陣ㄓㄣ陣ㄓㄣ濃ㄋㄨㄥ煙ㄧㄢ，
羅ㄌㄨㄛ漢ㄏㄢ們ㄇㄣ挺ㄊㄧㄥ身ㄕㄣ圍ㄨㄟ住ㄓㄨ已ㄧ昏ㄏㄨㄣ過ㄍㄨㄛ去ㄑㄩ的ㄉㄜ少ㄕㄠ年ㄋㄧㄢ，
凶ㄒㄩㄥ猛ㄇㄥ的ㄉㄜ火ㄏㄨㄛ焰ㄧㄢ很ㄏㄣ快ㄎㄨㄞ吞ㄊㄨㄣ噬ㄕ九ㄐㄧㄡ位ㄨㄟ師ㄕ兄ㄒㄩㄥ弟ㄉㄧ，
大ㄉㄚ師ㄕ兄ㄒㄩㄥ很ㄏㄣ想ㄒㄧㄤ哭ㄎㄨ，但ㄉㄢ他ㄊㄚ仍ㄖㄥ撐ㄔㄥ著ㄓㄜ不ㄅㄨ讓ㄖㄤ自ㄗ己ㄐㄧ倒ㄉㄠ下ㄒㄧㄚ。

這時，熱氣喚醒了少年，
他猛然張開眼睛，
前方小小的身影搖搖欲墜。
很快的，他抱起羅漢衝出車外。

真的是長大了啊～

大師兄微微一笑， 用最後一點力氣
對少年合十鞠躬，
慢慢化為灰燼飄進天空，
少年忍不住淚流滿面。

少年將平安符解下，用手細細撫摸，
他遙望遠方天色光亮，
自此，開始踏上一個人的旅途。

感謝所有的真心

　　好幾年前我在朋友家看見一張平安符，上面寫著「五百羅漢交通平安」，我想像當平安符的主人遭遇災難時，會有五百位羅漢挺身出來化解，哇！這是個很棒的故事呢，興奮之餘，我開始思考造型和劇情，試畫幾張後，很快就遇到瓶頸了，故事該怎什麼收尾呢？我想了很久卻毫無頭緒，只好停下來。

　　過了好幾年，有一次我看到某部漫畫的完結篇，哆啦A夢要回去了，但他放心不下大雄，擔心軟弱的他被人欺負，大雄為了讓哆啦A夢放心，跑去找胖虎單挑，就算被揍得趴在地上，他還是爬起來繼續勇敢面對。　最後胖虎害怕得逃走，不敢再欺負他了。

　　哆啦A夢看到了，跑出來和大雄擁抱痛哭。最後一幕是第二天早晨，大雄醒來，房間裡有陽光從窗戶照進來，一片安靜，他拉開抽屜，發現什麼都沒有，僅是一個單純的抽屜而已，沒有時光機，哆啦A夢安心的離開了。

　　我看到這裡，不覺深深感動，眼淚差點奪眶而出。

　　我想人長大了終究還是得獨立才行，那麼多照顧你陪伴你的人，早晚都會離開，最後依然要靠自己。我們怎樣才能長大呢？除了不讓人擔心，重要的應該是要回饋社會，小時候你受人家保護，長大了除了好好照顧自己外，有能力就去幫助別人，我覺得這才是真正的獨立。

　　就這樣，我想到五百羅漢故事的結尾了，耶，又可以開始畫了。

　　那時我沒把握畫好這部心中的曠世鉅作，光想到構圖就覺得非能力所及，但既然已想出結局，不畫太可惜，還是先做了再說。於是花了大約一週的時間畫出第一個版本參加展覽，還拿給出版社看，雖然被拒絕了，卻也多了些時間沈澱，思考圖畫可能修正的方向。

　　幾年過去，終於有機會出版了，我決定畫第二個版本，心想要帶有寫實風格，五百羅漢各有造型外 ，還想力求數目精確。沒想到與朋友討論後卻遭否定，灰心之餘，重新思考寫實原非我的風格，何必捨棄自己而外求，於是回頭以第一個版本為主，增修了新的構圖，但是自己較熟悉的風格。

開始上色時，我使用彩色墨水，選了較大尺寸的紙張，希望印刷時縮小會精美好看。當時手邊仍有工作，很多時候無法專心，反而心浮氣躁，越畫越趕，完成近三分之二時，突然發覺這些圖糟透了，我非常沮喪，心中明白已沒有成為鉅作的可能了，只有能不能畫完而已。

　　我放棄接近完成的彩圖，選擇較小張的畫紙重新打稿，改以壓克力顏料上色，一張一張的畫，心裡慢慢安靜下來，有一種回到原點重新出發的踏實感。完稿那天，我拿去彩色影印做成手製書，回家的時候，我站在十字路口，感覺自己全身的力氣似乎都耗盡了。

　　這本書能出版，真的要感謝許多人的幫忙與付出，回想自己的人生，總是得之於人者太多，出之於己者太少。我想起阿媽每次到廟裡拜拜，念茲在茲的都是兒孫們，所求都為了別人，很少在意自己，我的家人、師長、朋友和工作上的夥伴也多如此，他們默默付出，總不吝給予真誠的溫暖和鼓勵，更讓人無以回報。人的一生中，不知要受到多少人的照顧，才有可能平安長大，但願我們都能好好珍惜這些緣份，也盡己所能去保護別人。

　　謝謝所有的真心，不管看得見或看不見的。

劉旭恭

1973年出生於台北石牌，1995年參加「陳璐茜手製繪本教室」後開始創作繪本，作品曾獲信誼幼兒文學獎、金鼎獎、好書大家讀年度最佳少年兒童讀物及義大利波隆納插畫展入選。

繪本作品有「貝殼化石」、「好想吃榴槤」、「阿公的光屁股」、「請問一下，踩得到底嗎？」、「謝謝妳，空中小姐！」、「一粒種籽」、「下雨的味道」、「小紙船」、「到烏龜國去」、「大家來送禮」、「愛睡覺的小baby」、「橘色的馬」、「煙囪的故事」、「誰的家到了？」、「只有一個學生的學校」、「火柴棒姊妹」、「你看看你，把這裡弄得這麼亂！」和「車票去哪裡了？」等書。